MUETTES

Du même auteur

La nuit des calligraphes, Fayard, 2004 ; Le livre de poche, 2007,
prix de la découverte Prince Pierre de Monaco,
prix Cavour (Italie), et prix Kadmos (Liban).
Le târ de mon père, Fayard, 2007 ; Le livre de poche, 2009.

Yasmine Ghata

Muettes

roman

Fayard

ISBN : 978-2-213-65171-2

À mon père, Jean Ghata.
À Séléna et Romane.

*Il y a toujours quelque chose d'absent
qui me tourmente.*

Camille Claudel à Auguste Rodin.

P rofession : Écrivain. Ma mère complé-
tait cette rubrique administrative par
le mot « poétesse ». Un métier comme un
autre que j'avais appris à reporter dans
la rubrique profession des parents. Dans
la case réservée au père, la mention
« décédé », sans les larmes ni le drame.
Ces deux mots résumant la singularité des
premières années de ma vie.

Le monde réel fut d'emblée relégué sur
les bas-côtés, ma mère n'y voyait rien de
capital à m'enseigner. Tout était prétexte à
sonder l'imaginaire. Le premier degré,
l'analyse des faits étaient le point de départ
d'histoires où le mythe auréolait des acteurs
inconscients de leurs propres rôles. Le
monde réel était transformé par des mots

sans modération et sans mesure. Tyrannie de notre imaginaire et personne pour le contester.

Il n'y a jamais eu beaucoup d'hommes dans ma famille, la fiction était toute-puissante. J'ai perdu mon père à six ans. Ma mère était l'ombre d'elle-même, une créature en transition entre deux espaces. Je mis du temps à comprendre que mon père ne reviendrait plus. Quelques mois de contes et légendes alimentés par des allégories fabuleuses, des facéties burlesques pour maquiller son absence. Des mots enchevêtrés qui dessinaient les contours d'une silhouette, la densité d'un corps disparu. Mille astuces et mille images. Les écrivains sont démunis face au néant, car il n'y a pas de mots pour le décrire. Les écrivains ne se mentent pas, ils fabriquent de simples arrangements dont ils s'accommodent. Ma mère n'a jamais pu se résoudre à dire la réalité de manière objective, habituée à inventer des histoires, elle tentait de corriger l'inachèvement des choses.

Notre huis clos mère-fille entretenait notre goût pour le romanesque. Sans le savoir, ma mère m'initia à la fiction. Initiation précoce venant combler le manque. J'ai vite appris à modifier le réel jusqu'à me persuader que mon père n'avait jamais existé. Nous avons basculé dans un monde où le refoulement signait notre survie.

Le téléphone sonnait plus qu'à l'accoutumée. Ma mère répondait, absente d'elle-même. Des appels du Liban incessants. Elle me prenait dans ses bras en me disant « tout va bien », trois mots répétés à travers ses sanglots, sans explication. Mon père, hospitalisé ces derniers temps, n'était plus là à cet instant, je l'ai senti loin de nous, un déserteur de vie. Ma mère avait perdu toute cohérence, au point mort, incapable de finir ses gestes. Elle se préparait sans finir de s'habiller, me consolait sans finir ses phrases et composait des numéros erronés. Je contemplais ses gestes avortés, consciente du drame sans pouvoir l'aider à aboutir. Je suis sortie de moi-même ce jour-là, étrangère au chaos, comme si tout ça ne me concernait pas. Je la laissais s'affairer, enfiler ses bas, maquiller ses cils, enchaîner ses gestes sans ordre logique. Je savais tout, la voyais se débattre dans une confusion de mots. J'ai quand même posé la question, par cruauté ou par innocence, peut-être, je ne sais plus.

« Il va revenir aujourd'hui, papa ? »

À six ans, jouer l'ignorance quand on a parfaitement compris.

Mourir n'empêche pas un père de revenir à la maison. Mourir est un acte comme un autre. Disparition totale qui l'empêcherait de dormir, de parler et de manger, tout ça n'avait aucun sens dans mon esprit. J'ai imaginé, je crois, que mourir signifiait au fond qu'il vivait encore, mais dans une autre famille, avec une autre femme et d'autres enfants. C'était facile de ne pas mourir ; ouvrir les yeux, les maintenir écarquillés et marcher sans s'arrêter suffirait à chasser la mort.

La maison était devenue un lieu de passage, de regards recueillis et de silences tristes. Ma mère s'exilait dans sa chambre, s'allongeait un moment avant de revenir au salon pour recevoir les hommages. Je faisais mine d'ignorer ce qui se tramait, constatant la maladresse des adultes à mon égard. Ils parlaient de papa au passé, réveillaient des souvenirs de jeunesse, révélant le contenu de leurs dernières conversations intimes ou amicales. J'épiais leur économie de gestes et de mots, les yeux rivés sur ma mère et son désarroi. Il fallait me le dire, disaient-ils d'une voix unanime, me dire ce que je savais déjà. Ma mère s'était promis de le faire à sa manière, disait-elle, en douceur, sans me heurter. J'ai attendu, mais ces mots-là ne passaient pas le seuil de notre maison, de sa salive. Ses tentatives échouaient à la première phrase, la mort se transformait en travail, en retard et en rendez-vous improbables. Mon père était nulle part et partout à la fois, il pouvait nous voir à chaque instant et nos yeux n'étaient rien comparés aux siens. J'ai cessé d'écouter, de croire et de voir. Je la laissais dire. Quand elle me demandait de le reconnaître sur les photographies, je faisais mine de ne pas savoir qui c'était, décontenancée, elle mâchait le silence, puis elle déglutissait le vide des mots. Je venais exciter sans le savoir son imagination débordante, j'inspirais à mon insu un drame dont elle était impatiente d'exploiter la trame. Mon déni devenait l'amorce d'une histoire, elle n'en garderait que le début, car le déroulement était trop long à son goût. Elle manipulait le temps et l'espace afin de cantonner nos deux vies sur la page. Les détails ordinaires de nos existences étaient chassés, les mots nous délogeaient de nos corps.

Notre appartement était devenu la scène d'une tragédie, et la culpabilité, notre pain quotidien. Des dialogues brefs, tendus, la mère et la fille achevaient l'histoire dans une étreinte fusionnelle comme mari et femme.

Elle me lisait ses textes à voix haute, des mots graves et dramatiques. Moi, j'écoutais sans leur donner de sens. Soudain, elle interrompait sa tirade à la vue de sa voiture enlevée par la fourrière. Bigoudis et turban volaient au vent dans une course déchaînée contre l'ennemi. La vapeur chaude de ses cris fustigeait l'air glacé, ses gestes théâtraux indiquaient à la fois sa colère, son impuissance et sa détresse. L'ennemi cédait consterné par le spectacle. Elle démarrait, l'embrayage hurlait son impatience à fuir. Dans ce pays, ma mère n'a jamais trouvé une bonne place pour se garer, passages piétons, emplacements réservés et entrées d'immeubles faisaient toujours l'affaire. La vie était selon elle un long roman sans titre, sans alinéas et sans ponctuation, il fallait trouver son souffle au détour d'un mot sans déranger les personnages en action. Ma mère était de la lave en fusion, un chaos perpétuel. Moi, j'étais fixe et invariable.

J'ai commencé à occuper le lit de ma mère à cette même période. Je dormais sur le côté le plus affaissé, celui où mon père s'était allongé pendant des années. Au réveil, ma mère avait oublié sa disparition et le cherchait dans la pièce voisine, persuadée que le mort n'était pas mort. C'est son café turc qui la ramenait à la réalité, elle repassait en boucle les événements dans l'ordre ou le désordre et acceptait le drame peu à peu. Moi, en silence, sans rien lui en dire, j'essayais de me rappeler la voix, le visage, le rire et le parfum de mon père. J'avais peur de ne pas le reconnaître s'il revenait parmi nous. Ma mère se réveillait la nuit, en proie à des flambées anxieuses, des affolements qu'elle retenait

jusqu'au matin. Ses problèmes lui parais-
saient alors insolubles et permanents. La
nuit entretenait ce fanatisme du pire. Elle
chuchotait dans l'obscurité, tentant de com-
muniquer avec l'esprit de mon père. Au
réveil, elle noircissait les pages, certaines
phrases jetées sur le papier dans la précipitation et d'autres plus longues à venir.

J'avais pris en grippe ce cérémonial, il
me signifiait que ma mère était passée de
l'autre côté de la vie, dans cet espace-temps
où l'imaginaire est abri et refuge. La mort
de mon père n'avait fait qu'accentuer ce
besoin viscéral de tailler la réalité, dégrossir
la matière et n'en retenir qu'une substance
polie par les mots, ciselée par les lettres.
Dans ces moments-là, j'étais orpheline.
Que pouvait-elle écrire au juste ? Les histoires ne s'inventaient pas. Je pensais
qu'écrire revenait à extraire du passé des
événements vécus à notre insu. Il suffisait
d'y ajouter une lecture à voix lente et
rauque, de bons yeux pour voir les infimes
détails des choses, et assez de souffle pour
garder le public en haleine.

Petite, j'aimais tuer le temps. Dans l'ennui, je me sentais exister. Abattre les heures sans bouger, mon corps immobile pour traverser les choses. Retirée dans ma chambre, loin des pulsations vitales émises du salon, je laissais le commandement de nos vies à ma mère. Je fuyais les ondes endiablées du téléphone ou les crissements du stylo sur le papier. Le vacarme de ma mère illustrait son efficacité hors normes, là où mon silence n'engendrait rien de concret. Mon prénom répété avec insistance m'invitait à rompre l'introspection. Le déjeuner ne pouvait pas attendre, englouti par moi seule, car elle ne mangeait jamais. Ce que ma mère aimait par-dessus tout, c'était répondre au téléphone.

Homme ou femme, elle célébrait celui ou celle qui avait composé notre numéro. Elle savait y faire – compliments, éloges consacraient poètes, écrivains et éditeurs comme des demi-dieux ou des créatures extraordinaires. Je la laissais à ses superlatifs et fuyais ces exclamations. Moi, j'aimais le silence, le contour des choses cernées qui délaçaient les formes en moi-même. Je scrutais les bords de tout, leur nature éphémère et leur passage dans l'espace. Enfant sage, mon répertoire de motifs s'étoffait d'images mouvantes que j'attrapais au fil de mes humeurs. Je retenais les détails les plus infimes de notre appartement parisien. Les fers forgés des balcons voisins fraîchement repeints avaient subi le travail acharné de mon esprit, plusieurs labyrinthes s'y croisaient et s'y pénétraient sans que je puisse en deviner le départ ni la sortie. L'observation tournait à l'obsession. J'arrêtais, fébrile. Les voix provenant du salon me faisaient revenir à moi-même, le bombardement sonore de la machine à écrire interrompait mes explorations, touches harcelées lorsque l'inspiration était à son comble, et trêves de plusieurs secondes quand les mots manquaient. Ma mère se figeait, regardait à travers la fenêtre sans rien voir des marronniers qui n'étaient que prétexte à retrouver son souffle. Ses ongles longs et laqués rouge savaient régler les caprices de la machine, le cylindre pivotait à droite, le ruban d'encre achevait son périple éreintant, et la marguerite regagnait sa place de maestro au premier rang. Ma mère reportait les caractères indéchiffrables couchés sur le papier. Des insertions de mots vagabonds, des convois de phrases pour venir aux secours des mots faibles, ceux qui n'en disent pas assez. Ma mère relevait la tête et murmurait la phrase du bout des lèvres, les mots dissonants disparaissaient après un court passage dans l'air. Je ne l'ai jamais dérangée quand elle travaillait, ce temps suspendu consacrant mes rares moments de solitude. Je barrais la route au bruit, fermais les trois portes qui m'isolaient du salon, si bien que l'écho persistant des touches sur le clavier n'était qu'un lointain souvenir.

Ce sont ses talons sur le parquet qui me signifiaient la fin de son activité. Martèlements pressés. Ma mère avait fini, libérée de toute contrainte jusqu'au lendemain. Écrire la purgeait de ses culpabilités inconscientes, celles qui nous consument avant le labeur, et qui nous quittent au dernier paragraphe gagné sur la page blanche. Après ces deux heures de travail quotidien, elle était une autre, vidée comme à marée basse, sa tête lourde lui imposait un court somme toujours interrompu par la sonnerie du téléphone. Pas une trace de sommeil dans sa voix, deux raclements de gorge suffisaient à en ôter toute la brume du rêve. Jamais surprise par celui ou celle qui l'appelait, bien au contraire, elle disait avoir pensé à cette personne toute la matinée, sans avoir trouvé le temps de la joindre. Elle n'assumait pas ses paresses de la mi-journée, dormir quand il faisait jour était une habitude importée d'Orient ; les Français, selon elle, ne goûtaient guère ce genre d'oisiveté. Son agenda posé sur la table de nuit était la preuve de son occidentalisation, rares étaient les heures vides. Grâce à ce défilé d'engagements, ma mère se faisait fort de dilater le temps, de braver l'étendue de la ville. L'épuisement était sa manière à elle de s'intégrer.

Devenir française revenait à ôter le vernis des choses, à enlever l'ornement, sans regret. Elle avait quitté le pays des cèdres, devenu à ses yeux un État d'Ancien Régime peuplé de despotes et de coquettes. Le luxe de la bourgeoisie beyrouthine l'avait endoctrinée quelques années sans qu'elle lutte. Elle y avait côtoyé des fils de famille, leurs femmes frivoles et leurs buffets démesurés. À l'époque, les regards convergeaient toujours vers la plus belle femme, l'homme le plus riche ou ceux qu'on disait infidèles. La France lui parut bien austère à son arrivée, la rigueur de l'hiver 1972 avait-elle glacé le sang des Parisiens ? La gentillesse et l'hypocrisie orientales avaient cédé le pas à l'indifférence et à la franchise brutale. Elle s'en était accommodée sans se plaindre. Elle se souvient encore de cette épicerie libanaise découverte par hasard dans l'est parisien. Les ballots d'épices lui firent monter les larmes aux yeux, elle acheta ce qui lui rappelait son pays, des feuilles de vigne, du boulgour et trois bouquets de persil qu'elle inonderait de citron pressé comme sa mère, du café à la cardamone.

Les vapeurs de café turc guidaient ses pas à la maison, le plus souvent jusqu'à la machine à écrire. Le rituel du café bu par petites gorgées lui inspirait ses plus belles pages. Elle retournait sa tasse pour lire les méandres du marc avec le même recueillement que ses pages corrigées. Le bestiaire fabuleux dessiné sur la porcelaine était aussi romanesque que sa prose, les poules couvaient un manuscrit en préparation, le coq chantait son triomphe et le scorpion nichait au sommet de la montagne. Moi, j'aimais nettoyer ces cadavres de café, inonder d'eau leurs formes déliées. Je délogeais le marc stagnant au fond de la tasse en y faisant couler un déluge. Les formes pétries d'espoir succombaient sous mes doigts. Notre avenir nous était connu jusqu'au lever du jour.

J'avais six ans, je connaissais tout de notre intérieur, jusqu'aux coins décollés d'un lé de papier peint, la saleté des prises électriques ou les reliquats prisonniers des lattes du parquet. Il y avait pourtant des zones inexplorées. Ce long couloir dédié aux souvenirs de mon père, ses trophées de chasse rapportés du Kenya, ses pipes collectionnées avec amour et les ossements d'un buffle reconstitués au moyen de tiges de fer. Ma mère n'y entrait jamais, une force inexpliquée la poussait hors de ces murs, où la Bible côtoyait le Coran, où des calligraphies arabes étaient mêlées aux aquarelles chinoises et à des souvenirs de famille dégageant une odeur d'encens froid. Insignes de la loge maçonnique, taste-vin, vieux diplômes et boutons de manchettes démodés cohabitaient dans les tiroirs. Je me rappelle mon père classant et triant ce désordre hétéroclite. Les lances africaines debout en équilibre menaçaient de tomber sur sa tête, il n'oubliait jamais de serrer les vis des articulations et jointures du buffle. Je le voyais, accroupi à l'entrée du couloir, dépoussiérer, classer avec minutie. Sa pipe en bouche, devenue froide à la longue, ne fumait plus. Ma mère haïssait cet endroit de la maison, aucun objet ne lui ressemblait. Elle ignorait que, quelques années plus tard, le placard serait vide. Mon père décédé, ce couloir n'aurait plus de sens. Son « bazar primordial » fut relégué dans des cartons à la cave. Seul le buffle eut meilleur destin, le musée de la chasse lui offrit une de ses vitrines de choix. Ma mère ignorait que les cartons de la cave sortiraient de l'oubli quelques années plus tard. J'aurais alors remplacé l'observation des choses par le dépouillement systématique de ces archives. Documents lus et relus comme si un secret y était enfermé, photographies du siècle dernier examinées avec fascination. Toutes ces personnes disparues avaient à mes yeux un prestige que les vivants n'avaient pas. J'idéalisais le passé, le pedigree d'une famille que je sentais dans ma chair, dans mes entrailles. Je sortais de l'oubli ces personnages sans noms, aux sourires éphémères, ces réunions familiales non loin du Bosphore où parents et enfants s'endimanchaient sous l'objectif d'un photographe arménien qui estampait son nom sous chaque portrait. Les femmes, séparées du groupe des hommes, offraient leurs meilleures postures, la tête haute et le mollet au repos. Quand je refermais ces albums, leurs visages hantaient mon sommeil, l'oubli me terrorisait. Je compris bien plus tard que je les avais réveillés dans leur profond sommeil. Harceler les défunts était devenu ma prière du soir.

L e placard de mon père ne sentait plus la naphtaline ni la fumée de sa pipe. Ma mère avait donné ses costumes, ses chemises et ses vieilles chaussures. Elle avait respiré chaque carton l'un après l'autre à l'affût de son odeur, et avait retrouvé celle de sa peau, parfois celle de sa sueur. La maison se vida peu à peu de sa présence, j'avais sauvé les albums de photos, les lettres et les documents officiels, diplômes, carte d'identité, permis de conduire et objets en tout genre comme ses boutons de manchettes et sa taste-vin. J'avais récupéré son rasoir caché comme une relique au fond de mon placard, quelques poils courts parsemaient les deux lames. Je touchais son tabac à rouler, les brins aux arômes doux et épicés ramenaient à mes oreilles le frémissement de ses doigts autour de sa pipe. Petite, j'éparpillais ses volutes de fumée, les dispersait en bondissant. À bout de souffle, je me couchais sur le ventre, comme foudroyée, je jouais à la morte. Mon père me chatouillait, mes contorsions et mes rires résonnaient dans l'appartement. Tous ces souvenirs étaient des preuves tangibles de son passage sur terre.

Ma mère, elle, continuait à traîner sa vie en va-et-vient ou déambulations rituelles. Le rythme de ses pas détachait les mots, c'étaient des lamentations incompréhensibles tant la souffrance déformait son souffle. Elle ne se nourrissait plus que de sommeil, trois prises par jour d'un repos lourd et accablant. Le téléphone sonnait mais elle n'y répondait plus. Elle se disait agressée par les condoléances, la colère lui avait fait dire un jour qu'il n'était plus mort. Revenu après une longue absence. Le doute s'était glissé en moi. Dès lors, elle refusa les visites amicales, les regards réconfortants, les paroles apaisantes, les apitoiements et les soupirs impuissants. C'est sa machine à écrire, indifférente à son deuil, qui sortit ma mère de cet abîme. Elle n'en levait plus la tête, ne scrutait plus les feuilles de marronniers tant les mots venaient vite. Elle imagina la vie d'un peuple méconnu dont on ignorait tout : les morts et leur vie souterraine. Pas une page, qui ne soit jalonnée par les quatre lettres du mot « mort », parfois cinq fois sur la même page, parfois deux fois dans la même ligne.

Elle racontait leur vie grouillante, leurs corps désarticulés et la terre si souple dans leurs mains. Un peuple au territoire inhospitalier et hostile qui ne cessait de défricher le sol. Elle me lisait ensuite ses pages à voix basse. Des mots obscurs, sans vie, des formules pétries d'une glaise fuyante et imprégnée des défunts. Syllabes articulées par sa bouche molle comme si les mots, ses propres mots, l'emportaient loin de moi. Je partais dès la dernière syllabe prononcée, impatiente de quitter l'odeur fétide de son texte. Le vent

froid chassait par rafales successives les
mots macabres, les mots morbides, les
mots de ma mère.

Quand ma mère m'appelait pour me lire le dernier passage écrit, je faisais mine de ne pas l'entendre. Alors, elle se le lisait à elle-même d'une voix mouvementée et dramatique. De ses doigts écartés elle tournait délicatement les pages pour ne pas abîmer le vernis rouge qu'elle était en train d'appliquer. Il y avait toujours deux flacons posés à proximité de sa machine à écrire, l'un rouge vif pour ses ongles et l'autre blanc pour corriger les ratures ou coquilles diverses, les deux toujours mal revissés dans la précipitation. Elle soufflait sur ses ongles à chaque ponctuation. Les morts lui inspiraient des phrases courtes, sans paraphrases et sans métaphores. Elle élaguait, enlevait l'écorce des mots et débitait leur chair, écho à la longue dégradation des corps. La même méthode, la même érosion. Moi, je bouchais mes oreilles pour ne pas entendre sa voix macabre. Elle comprit vite que ces poèmes l'avaient accompagnée dans le deuil, peut-être même avaient-ils escorté mon père dans l'au-delà. Ma mère avait maigri, beaucoup maigri. Elle se traînait sans fouler le sol, à petits pas. Je la voyais rétrécir chaque jour, s'amoindrir. C'est le sommeil qui me la rendait. Je m'agrippais à elle, blottie contre sa poitrine, nos jambes entremêlées, humant son odeur jusqu'à ce qu'elle disparaisse. Moments de fusion qui me remplissaient à ras bord jusqu'à la soirée suivante. À nouveau, je m'accrochais à elle, enserrant sa taille, mon mollet posé sur le sien comme on clôture la terre pour signifier qu'elle vous appartient. J'ajustais mon ventre, emboîtais mes cuisses cernant chacun de ses membres avec exactitude. Ma mère n'était qu'à moi, rapports exclusifs et inconditionnels. Nous avions remplacé le père, elle et moi, l'une envers l'autre.

C'est sa bouche ingurgitant le café brûlant qui m'arrachait au sommeil. Le jour me rendait plus distante, elle n'était plus mienne, mais celle des autres, de ses écrivains, journalistes et poètes qui défilaient chez nous. Je les espionnais à travers l'embrasure des portes, après les avoir salués à la demande de ma mère. Bien qu'hommes et femmes de fiction, ils me posaient des questions extrêmement terre à terre, auxquelles je répondais de manière laconique. L'ennui se lisait toujours dans mes réponses. Les bribes de leurs voix me parvenaient, leur éloquence transportait ma mère. Ceux qui passaient le seuil vêtus d'habits misérables en ressortaient parés des manteaux de cachemire de mon père ou de ses cravates ornées de motifs déjà démodés. Ma mère ne parvenait pas à faire taire son instinct maternel, je me rappelle cet illustre poète en proie aux ongles de ma mère qui tentait d'extraire de son nez un point noir qui la narguait.

Le frigidaire regorgeait toujours de denrées transformables. En un coup de main, elle pouvait dresser une table gargantuesque pour ceux que la famine menaçait. « Ces poètes troubadours » des temps modernes passaient chez nous comme à une étape de pèlerinage, ils vénéraient cette « prêtresse nourricière », comme on adore une idole païenne. Ils déclamaient leurs vers comme on récite des prières. Ils s'en allaient en fin de journée, la tête et le ventre rassasiés, embrassant les mains de ma mère comme celles d'une sainte femme. Notre maison logeait chaque mois cette société secrète, ces hommes austères et modestes qui vivaient d'un rien.

L a cadence devint obsessionnelle. Ma mère ne quittait plus sa machine à écrire, sans doute pensait-elle établir un lien avec l'au-delà en martelant les touches comme pour ouvrir une serrure. Elle voulait forcer ce barrage interdit au moyen des mots. Écrire pour retrouver mon père. Elle se jugea impuissante, les mots n'arrivaient pas à destination, immobilisés sur un seuil que personne n'avait franchi auparavant. Le rythme ascendant de ses phrases harcelait le néant et l'absence. J'assistais, désarmée, à son inaptitude. Les feuilles froissées gisaient à terre, exhalant une odeur de feuilles mortes pareilles à celles des marronniers de notre avenue. Elle ramassait les pages frois-sées résumant un avant-midi de tentatives avortées. Puis elle caressait ma joue comme pour reprendre contact avec le vivant. J'ai vite compris qu'il n'y avait pas de mots pour dire la souffrance. La disparition de mon père avait broyé le lyrisme de ma mère, de cette cendre naissaient des phrases alitées, un texte sans respiration, sans ventilation, où les espaces se meurent et les syllabes agonisent. Ma mère avait la bouche sèche et le bout des doigts racorni. Après avoir éteint sa machine à écrire, elle en fermait le couvercle comme on ferme les paupières du défunt. Sa main délicatement posée prenait le pouls déclinant de l'instrument.

La haine de la machine me fit commettre un geste absurde. La détruire allait me rendre ma mère, j'en étais convaincue, je ne voulais la partager avec personne, je voulais la ramener vers les vivants quand cet appareil l'emportait loin de moi et près de lui, déjà parti. J'ai perforé le rouleau du papier, détourné le repère des lignes, pillé le support de la marguerite et noyé le trou béant des cassettes. L'eau stagnait et fuyait, coulant sur le sol pareille au sang d'une victime. Prise de rage, comme si je battais la mort elle-même. Prise de palpitations, j'avais cogné sans m'arrêter. Et les souvenirs me revenaient par vagues, les doigts de mon père qui griffaient la porte d'entrée pour me signifier son arrivée, ses grimaces quand il me mangeait les pieds tel le pire des prédateurs, et ses gloussements quand je tardais à trouver sa cachette. Me sont revenues aussi la texture de sa peau tout juste rasée, son eau de Cologne capiteuse qui parfumait sa calvitie et la gymnastique de sa bouche quand il tentait d'allumer sa pipe ; le briquet incliné avait brûlé la peau de son index, une peau dure et rugueuse devenue insensible à la douleur. Ses bras puissants me protégeait du monde. Des souvenirs que je chassais en brutalisant la machine. Ce jour-là, j'ai laissé mes larmes couler sans lutter, et l'eau semblait venir de nulle part. J'assiégeai l'appareil comme on viole une sépulture, pour retrouver sa dépouille et lui dire ma colère. Les rubans d'encre délogés de la cassette ont finalement calmé ma transe, labyrinthe festonné où je lus les sinuosités de nos vies, les passages obscurs, et ceux éclairés, les joies à venir. L'eau échappée du ventre de la machine avait dessiné la forme d'une main caressant le sol. À ce moment précis, ma mère me caressa la joue et posa ses paumes sur mes épaules. Elle baisa ma tête en contemplant l'instrument. Nul plainte ni reproche, elle cautionnait en silence ce sac-cage méthodique. Soulagées toutes deux d'avoir rompu ce pont entre deux mondes, d'avoir tracé une frontière impénétrable entre lui et nous. Ma mère n'était plus qu'à moi seule. J'avais semé ses ombres et ramené la lumière.

Mon emprise ne dura guère, quelques jours d'exclusivité avant que les mots ne la rattrapent. Pages entières écrites dans l'urgence. Elle avait retenu les mots pour moi, mais des wagons entiers de phrases la harcelaient dans son sommeil, évanouis au lever du jour sans qu'elle puisse en reconstituer la cadence. Les feuilles jonchaient notre couche, elle prenait pour appui les livres lus pendant ses insomnies. Il m'était alors impossible d'agripper ma mère, je m'en écartais, intimidée par la lumière de sa lampe de chevet. Accaparer son corps n'était possible que dans l'obscurité la plus totale. Les livres étaient ouverts d'une main, on aurait dit des arbres sans racines, son avant-bras était un tronc, ses doigts, les branches majeures, et les pages, autant de feuilles tournées dans le silence de la nuit. Couchée sur le flanc, lui tournant le dos, je ne lui laissais voir que l'amorce de ma joue boudeuse. Il lui arrivait de caresser mon dos de sa main libre. Le sommeil me terrassait, j'ignorais que parfois elle posait le livre sur son ventre et pensait les yeux dans le vide. Elle pensait aussi à cette guerre qui déchirait son pays. Les sirènes d'obus s'insinuaient en elle avant d'éclater dans son ventre, elle pensait aux rafales d'impacts sur les sacs de sable, aux longs silences entre francs-tireurs quand leurs cibles ne sont pas encore ajustées, aux cris des femmes âgées insultant Dieu comme on injurie un voisin. L'interrupteur ramenait l'obscurité dans notre chambre et son imagination cessait d'escalader les pans abrupts des montagnes de Psareh, le caveau de Khalil Gibran enfermé dans la roche ruisselante venait sceller ses paupières. Son corps blotti contre le mien paralysait ses ruminations. Lover mes mains dans les siennes l'allégeait de ses angoisses, elle s'endormait malgré la moiteur de nos paumes. C'est la sueur qui nous séparait, ma nuque embuée par son souffle chaud et mes jambes voilées d'une douce humidité réclamaient l'air de la chambre, je chassais les draps d'un coup de pied et m'écartais d'elle jusqu'au lever du jour. Le premier rais de lumière dans la chambre n'avait rien vu de nos étreintes et de nos enlacements. Le matin me redonnait mon indépendance et mon autonomie. Les gestes tendres n'avaient plus leur place au sein de cette nouvelle journée. Je n'avais besoin de personne.

Je sentais qu'elle m'échappait. Elle s'éloignait de moi, happée par autre chose. Ses gloussements au téléphone suivis de tendres chuchotements me signalèrent la présence d'un homme. Il déclamait ses propres œuvres au téléphone. Recueillie, elle l'écoutait et poussait des gémissements d'extase. Je passais ostensiblement devant elle, mais elle ne me voyait plus. Célèbre écrivain, il avait séduit ma mère par son éloquence. S'il lui lisait des poèmes galants, elle lui disait « tais-toi donc » en baissant les paupières. À son tour, elle lui écrivit des poèmes sensuels qu'elle dissimulait entre les draps amidonnés de notre armoire à linge. Je savais tout mais je ne disais rien. Je ne dormais plus dans ses bras, car je la méprisais. Il m'arrivait de décrocher le téléphone des heures entières pour qu'il cesse de lui parler. Je m'étais préparée à sa venue, le voir soulagerait mon imagination. Je découvris un homme vieux, endimanché, qui me salua en retirant son chapeau. Il eut une phrase pour moi, une de ces phrases banales qu'on lance aux enfants sans attendre de réponse. Ma mère déploya ce jour-là une coquetterie inhabituelle, on aurait dit qu'elle posait pour l'objectif, ses ongles laqués rouge démêlant les boucles de ses cheveux. Les lèvres closes, elle offrait son beau profil à celui qui récitait les plus célèbres tirades d'amour de la littérature française. Mes yeux rivés sur la charnière de la porte, je suivais leur conversation sans qu'ils soupçonnent ma présence. Il porta la main de ma mère à ses lèvres. C'était devenu insupportable. Je fis grincer les lattes du parquet dans ma fuite. Ce jour-là, je pris la décision de faire chambre à part. Toute étreinte était devenue impossible, toute proximité avec sa chair me révulsait. Je pris mes quartiers dans une des pièces vides de l'appartement, avec vue sur la place d'Iéna, les coulures vertes de la statue de George Washington à cheval n'avaient plus de mystère pour moi. Quand je me réveillais la nuit, il me semblait le voir baisser son bras raidi. Je l'imaginais parfois la tête ballottée sur la crinière de son cheval exténué par ces années de hiératisme. Le marché de l'avenue du Président-Wilson m'offrait tant de choses à voir que je ne quittais plus la fenêtre de ma chambre. Ma mère m'appelait mais n'insistait guère, ma pudeur fut respectée. Les soirs de réception, ma chambre étant une annexe du salon, je mangeais accroupie par terre, l'œil droit éclairé par le faisceau de lumière filtrant par la porte entrouverte. J'observais les comportements des invités. Je ne me lassais pas de les regarder, les uns parlaient, les autres écoutaient. Je me rappelle Alain Bosquet monopolisant les esprits, on aurait dit qu'il s'adressait à un cercle de croyants venus chercher la bonne parole. Les femmes poussaient des soupirs d'extase, et les hommes cherchaient leurs mots. Ma mère jubilait de réunir chez elle tant d'érudits, ses

réceptions matérialisaient sa quête inté-
rieure : trouver sa légitimité et être des
leurs. La réception était une tradition
d'Orient, les convives, des êtres magnifiés
qu'il fallait combler d'honneurs, et l'hôte,
un être irradié par leur lumière. Tapie
dans l'obscurité de ma chambre, il m'arrivait de comprendre la subtilité virtuose de
leur conversation mais je regardais surtout
le visage de ma mère et son répertoire
d'expressions pour traduire ce qui animait
son corps tout entier : l'enivrement et l'allé-
gresse. À ces rares moments, je la savais
heureuse.

Je rejetais les livres, les évinçais de ma vie comme la peste. Lire, c'était abdiquer, c'était mourir. J'agonisais à chaque page, repoussant l'idée de me retrouver dans ce mensonge écrit. Alors, je faisais semblant de parcourir les lignes, ma mère passait devant moi et se réjouissait en silence de me voir lire. Les caractères noirs étaient autant de prétextes pour penser, pour ne penser à rien. Je rêvais des heures entières à la vie, à cette absence qui me tourmentait. C'est dans les archives de mon père que je tuerais l'ennui. Les documents de toute une vie à portée de main, relégués dans un carton de notre cave, et qui attendaient d'être assiégés. Je suis descendue dans le labyrinthe souterrain de notre immeuble, impatiente de trouver la porte marquée à la craie « cave n° 5 ». La serrure ne se livrait pas, résistant à l'impatience de mon poignet. La vieille ampoule nue éclaira mes pas recueillis. J'avais sept ans et l'odeur insalubre m'incitait à rentrer chez moi. Je jetais des coups d'œil terrorisés par dessus mon épaule, à l'idée de voir apparaître une silhouette difforme et menaçante. À mes pieds, un carton affaissé sous le poids d'une étoffe, que j'agrippai de toutes mes forces pour l'enlever. Je sortis en courant, pressée d'atteindre la lumière. Je ne regardais plus derrière moi, certaine d'avoir semé une dizaine de créatures malfaisantes. Le carton arriva à destination, déballé sur le parquet de ma chambre, il allait me révéler ses secrets, déployer les mystères de cette famille lointaine. Le seul fait que mon père ait pu voir, toucher ces papiers, en faisait des documents d'exception. Je humais les angles des pages, certaine que ses empreintes y reposaient encore, lisais les commentaires rédigés de sa main. Fascinée, je recopiais les ligatures de ses lettres sur une page vierge, sûre que son écriture deviendrait mienne à force de l'imiter. Des heures entières à flairer ses traces. L'odeur de sa pipe avait embaumé sa collection de timbres. Ce jour-là, j'ai examiné mille objets, croyant y trouver son âme. J'inspectais les nombreux trousseaux de clés de portes mystérieuses, et il m'arrivait de croire qu'il s'était dissimulé derrière l'une d'elles. Sa montre en argent émit un tintement sonore qui me serra le cœur. Habituellement, il la posait sur le rebord de la baignoire, du lavabo, ou sur sa table de chevet. Les maillons en acier enveloppaient mon coude, diamètre égal à son poignet. Je le voyais assis à côté de moi regardant défiler avec nostalgie les grandes dates de sa vie. L'ongle de son index posé sur une vieille photographie le localisait derrière des rangs de têtes étrangères. Je l'ai toujours reconnu à son sourire, car quand mon père riait ses yeux riaient aussi.

J'ai ouvert un à un les disques vinyles Deutsche Grammophon, sa collection sentait la cendre tiède. J'ai utilisé le tourne-disque de ma mère sans en connaître le mode d'emploi. Les notes viriles de *Don*

Giovanni rompirent le silence. Les vrombis-
sements des moteurs dans l'avenue du
Président-Wilson se firent plus discrets.
J'entendis ma mère repousser ses draps amidonnés avec affolement, ses pas nus ajustés
aux notes, et son souffle haletant. Quelques
années plus tôt, elle déambulait sur la pointe
des pieds, soucieuse de ne pas déranger
mon père. Il écoutait ses airs préférés assis
dans ce même fauteuil en cuir, enveloppé
par la fumée de sa pipe qui accompagnait la
dissolution des notes dans l'air. Ce jour-là,
elle avait oublié sa mort et tout le reste, l'air
de Mozart l'avait replongée dans un quotidien ordinaire et heureux. Non, la pièce
ne sentait pas le tabac de sa pipe. Assise
en tailleur, j'avais noyé ma peine en suivant
le périple circulaire de l'aiguille, sillon uni-
que qui émit un son dissonant quand il
s'acheva. Ma mère s'était accroupie au pied
du mur, sanglotant dans le creux de ses
genoux. Elle répétait le prénom de mon
père, mêlant larme et salive d'une même
eau. Le soir même, j'ai regagné son lit,
délaissant ma chambre aménagée par mes
soins. J'ai attendu qu'elle s'endorme pour

m'accrocher à son dos, enlaçant sa taille fine de mes mains. Nos deux corps se calaient à la perfection.

J'avais pour mission de prolonger les plaisirs de mon père sur terre. Chaque jour, je lui accordais du temps pour raviver ses sens, ressusciter sa perception des choses. Sa propre mort n'était pas parvenue à éteindre son amour de l'art. Exercice quotidien qui devint un réflexe de vie. Nous étions deux logés dans mon corps et papa se faisait le moins envahissant possible. La musique était ce que nous appréciions le plus, je sentais ses paupières s'entrouvrir au début d'un morceau. Quelques instants arrachés au temps pour nous unir, lui et moi, sans jamais nous frôler. Son éloignement prolongé nous avait rendus pudiques l'un envers l'autre. Ma mère ne soupçonnait pas sa présence dans nos murs et s'activait aux tâches ménagères. Mozart et Schubert ne calmaient pas sa frénésie. Elle déplaçait des nuées de poussière qui dessinaient des pirouettes dans l'air. L'attention recueillie de mon père était parfois dissipée par les allées et venues de ma mère. Je sentais son regard glisser vers elle, s'égarer dans ses courbes. Mouvements brusques qui éprouvaient ses yeux si faibles. Il les refermait, les formes se délaçaient en moi-même. Je sentais quand il me désertait, surtout à la tombée de la nuit. Je laissais son corps modelé par le vide se libérer de nous. La plénitude de cette forme traversait la rue, secouait les branches des marronniers avant de disparaître dans l'immensité. Il m'arrivait d'en parler à l'école, seuls mes camarades me croyaient, les adultes y voyaient une tourmente enfantine où l'imaginaire vient au secours du manque. Ma mère y voyait un beau potentiel romanesque. Mille sujets jaillissaient pour finir raturés de manière impitoyable.

Peu à peu, j'ajoutai à la musique l'examen systématique des livres d'art de mon père. Leurs illustrations me rappelaient des choses déjà vues ; le clair-obscur des minarets d'Istanbul, les toitures de Topkapi et les revêtements en céramique ravivaient des souvenirs d'une autre vie, de la sienne. Mémoire visuelle qu'il me légua. Les images planes retrouvaient leur relief d'origine. Il me semblait effleurer du doigt les carreaux de la mosquée Bleue. À son insu, la glaçure de la page me livrait toutes les aspérités de la surface, les accidents de cuisson ou les angles poreux injuriés par le temps. Les livres gisaient à terre, je récupérais la moisson de ses yeux, les fauches de ses mains et les odeurs mêlées de ses voyages. En quelques heures, il m'avait tout donné de lui-même. J'allais jusqu'à imiter son écriture, retranscrire des lettres entières, des mots indéchiffrables parfois que je recopiais à la boucle près sans en comprendre le sens. La signature en bas à droite manquait de spontanéité à mon goût, mon application faisait frissonner ses mots. J'aimais repro-

duire ses gestes comme pour le faire apparaître. Contrefaire son âme pour tromper
la mienne.

L'appeler suffisait à le faire venir, une seule prière murmurée en moi-même me le ramenait. Il dirigeait mes pas au gré de ses humeurs, ce fut la chambre conjugale ce jour-là et le répertoire de ma mère. À la lettre K, on trouvait une ligne écrite nerveusement. Kunt Rikkat, ma grand-mère demeurant depuis un demi-siècle dans le même immeuble de la rive asiatique d'Istanbul, Yalibolu caddesi, n° 84, Beylerbeyi. Ma mère l'avait appelée pour l'informer de la disparition, les mots lui manquaient et les parasites de la ligne avaient noyé sa voix. Les mots prononcés furent ceux qui font mal et qui mettent du temps à prendre tout leur sens. La vieille femme l'avait remerciée, beaucoup remerciée. Ma mère avait jugé sa politesse déplacée. Elle n'avait pas perçu le désespoir contenu dans ces modestes mercis. Mon père guida mes mains dans le répertoire et me souffla l'indicatif du pays. Le cœur haletant, je visualisais un câble téléphonique sous l'océan bravant les profondeurs en un temps éclair, j'imaginais cette sonnerie brisant la quiétude de l'appartement avec vue sur le Bosphore. Trois sonneries et une voix suspendue dans le vide qui articula péniblement : « *Merhaba.* » Le cœur battant, je n'ai rien pu dire, j'ai entendu le bruit d'un Klaxon sous sa fenêtre et la tonalité qui a interrompu notre silence anonyme. Papa mit ses mains sur les miennes pour replacer le combiné et prit congé de moi. J'avais oublié de fermer le répertoire ouvert à la lettre K, page vierge à l'exception du nom de ma grand-mère, doyenne de ces lignes blanches. Ma mère y posa sa tasse de café turc sans s'apercevoir qu'une auréole avait souillé le papier. Des dépôts de café avaient séché avec le temps, le papier avait gondolé. Mes doigts connaissaient par cœur ces reliefs ainsi que la concentration de ses grains infimes. L'odeur de cardamone et de marc séché symbolisait cet Orient méconnu, ses souks et ses rues. Il me suffisait d'en effleurer les creux et les saillies pour imaginer le Bosphore dans son lit, les collines alentour et les petites îles que mes ongles emportaient au large. Mes doigts glissaient et les vagues précipitaient tout sur leur passage. Refermer le répertoire sur cette page plongeait Istanbul dans une nuit étoilée.

Il ne venait plus. Probablement à cause des visites à répétition de ce patron de presse qui aimait à raconter les infimes détails de ses journées. Chaque minute, parole ou acte de son quotidien méritait d'être décortiqués pour soulager ses doutes et ses angoisses. Ma mère écoutait ce monologue avec dévotion, elle ne gagnait pas à l'interrompre car il lui expliquerait alors tout à nouveau, tout et depuis le début. Dans ma chambre, me parvenaient les bribes de ses tirades. Après cet interminable récit qui l'avait allégé de ses tracas, il baisait la main de ma mère en lui faisant une cour fort démodée. Sa mallette en cuir posée dans l'entrée avait tout l'air d'un garde du corps. Cet homme aux allures de

ministre ne partait jamais sans que ma
mère lui ait lu son avenir dans sa tasse de
café. La faune pétrifiée dans le marc
incarnait ses pires ennemis, l'aigle noir
déployant ses ailes, le président du groupe,
l'hyène, un espion dictant ses rapports.
Longue carrière aux heures de gloire pas-
sées, grands titres à la une qui avaient fini
d'asseoir sa réputation d'éditorialiste, nuits
blanches à respirer à pleins poumons des
cigarettes sitôt allumées, sitôt oubliées. La
mallette ratissait une dernière fois le mur
du long couloir de l'entrée et suivait au pas
son propriétaire. Ayant refermé la porte,
ma mère prenait congé d'elle-même. Je la
retrouvais dans sa chambre. L'oisiveté à
l'orientale retrouvait ses droits, les maniè-
res à la française s'éclipsaient de la maison
et me rendaient ma mère, la vraie. Déma-
quillée, vêtue de sa tunique longue d'intérieur, elle arpentait pieds nus le parquet.
Ses doigts saupoudraient et dispersaient
les épices. J'observais la métamorphose et
voyais dans chacun de ses gestes un hom-
mage à la féminité. L'appartement était à
son image, raffiné dans la journée, une

véritable casbah à la tombée de la nuit. C'était ce que mon père préférait chez sa femme, et mes yeux continuaient de nourrir les siens de ce spectacle. Ma mère, à ces moments-là, ignorait qu'elle était si belle à regarder, j'admirais en silence les courbes suaves, les postures cintrées et les délassements de ses bras. La nuit nous rendait mère et épouse.

Les lettres du fisc ont tari son imagination. Elle disait ne rien comprendre à ces avis de passage successifs. Les lettres décachetées gisaient sur son lit, des sommes défilant en colonnes de chiffres qu'elle confondait avec de simples dates. Anéantie par les nombres en cascade qu'elle devait additionner, impuissante. Mon père avait laissé des majorations et des impayés remis à plus tard, remis à jamais. Ma mère luttait contre elle-même pour comprendre, jamais mots n'eurent aussi peu de sens à ses yeux, des taxes au nom improbable, des amendes décuplées par la disparition brutale de mon père. Et des documents à fournir, à trouver, quand l'absent n'est plus en mesure d'indiquer quoi que ce soit. Ma mère accroupie, auréolée de papiers multi-colores, sanglotait de ne pas savoir, de ne pas comprendre. Les larmes n'arrangeaient rien, sinon qu'elles la soulageaient de son incapacité culturelle à compter. Au Liban, les chiffres servaient à indiquer le nombre d'enfants, de fruits cuits par le soleil ou de mariages célébrés dans la même journée. Et cette incompréhension se doublait de terreur si on lui demandait de produire un certificat de décès ; la mention « décédé » sur le carnet de famille lui serrant le cœur comme si, à elle seule, elle pouvait révéler tout ce désespoir. Fournir des preuves de son absence, comme si le doute était possible. Dans ses délires, elle se prenait à croire qu'il s'agissait d'une farce complotée par mon père qui mettrait rapidement un terme à cette plaisanterie, mais les papiers multicolores gisaient à terre, la sommant de fournir un feuillet bleu à deux organismes complémentaires. Des mots sauvages que l'administration utilisait sans talent et sans profondeur. Des mots dépourvus de sensibilité. À ses heures perdues, elle cherchait les mots forts, les mots intenses et déments qu'elle associait de manière extra-vagante, provoquant des séismes, des ébranlements de lettres. Elle me les lisait, passant des larmes aux fous rires. Je riais à gorge déployée. Les rires faisaient chance-ler les feuilles classées et ordonnées, les dossiers disposés dans des chemises de papier. Un vrai cataclysme qui ramenait le chaos comme un second souffle.

Il m'arrivait de la chercher dans mon sommeil, comme si elle s'était amusée à se dérober à moi. Courir sans cesse derrière une silhouette mouvante épuisait mes songes. Je la retrouvais au petit matin dégustant son café turc en faisant trembler ses lèvres. Prête à partir. Paradoxalement, ma mère aspirait autant à rester entre les murs de notre appartement qu'à s'en échapper. Tension visible à chaque instant. Le téléphone était une manière de s'exiler à moitié. Elle cherchait le regard des autres quand je cherchais le sien. Figer ma mère, l'immobiliser quand elle tentait avec fièvre d'établir un lien avec la réalité, celle des autres, d'un monde littéraire à la fois tangible et faux. La retenir, c'était comme

séquestrer des mots dans un espace suspendu. J'aurais voulu la posséder tout
entière.

L'été approchait, le feuillage des marronniers enserrait les balcons de notre
étage. Écran de verdure qu'elle scrutait
sans fin. Les bourgeons avaient chassé un
temps ses poèmes macabres, les souterrains
boueux et les racines nouées de l'autre
monde. Le mois de juin avait rafraîchi la
maison, expulsé le drame. Le soleil se fau-
filait sur la façade de notre immeuble
comme une torche venue réveiller ses
habitants. La cour de mon école à quelques mètres de là avait fleuri en l'espace
d'une nuit, les lilas ombrageaient le visage
de la Vierge flanquant le mur extérieur de
la chapelle. À la sortie, ma mère venait me
chercher habillée de ses tenues d'été, celles
qu'elle portait un an plus tôt quand il était
encore là. Elle n'avait plus le même sourire, l'hiver était passé par là, fauchant tout
sur son passage. Et moi, je ne courais plus
vers elle, insouciante. Je foulais le sol à pas
lents. J'ai arrêté de courir à six ans, mes
jambes ne criaient plus leur joie comme

celles des autres enfants. Mon père n'était plus accroupi sur ses talons, bras grands ouverts pour freiner ma course et me faire voler.

Le départ était imminent. Juillet et août étaient les mois de notre migration estivale, la première sans lui. J'allais retrouver le chant des grillons, les jasmins odorants de notre terrasse et la liberté d'errer sur les sentiers taillés des roches rouges de l'Esterel. Des marches inégales pour guider mes pas quand je n'avais plus personne pour m'indiquer le plus beau point de vue sur la mer. Les algues avaient parfois parasité la pierre, séchant au soleil comme les cheveux d'une morte. Je m'aventurais seule dans les chemins, la mer me défiait.

Je nageais autrefois sur le dos de mon père, observant les profondeurs et m'agrippant à son cou quand l'eau était trop noire. Sa tête pour gouvernail, je lui signalais les directions à prendre, il s'amusait à désobéir à mes consignes. Ma mère entendait mes cris, nous adressait de grands signes du balcon. Désormais seule, je ne m'aventurais plus qu'à quelques mètres de l'échelle, regardant le fond comme on examine un sol accidenté. Ma mère paressait sur la terrasse pendant que je me faisais peur. Elle n'a jamais aimé la mer, les mots se perdent dans les flots, elle n'y a jamais eu pied comme sur les pages. Elle préférait les montagnes et les ravins de son enfance, son village perché entre ciel et terre. Elle me laissait libre d'aller et venir. La plage rocheuse et son échelle rouillée à l'aplomb des profondeurs m'attiraient comme un aimant. J'ai apprivoisé l'échelle, descendu une à une les marches, scrutant la paroi rocheuse comme on regarde un proche parent. Déterminée à lâcher le fer rouillé. Seule à un mètre du bord agrippant l'eau fuyante. Je regagnais la berge, poursuivie par mille créatures de mon esprit. Les vagues giflaient la paroi et noyaient l'échelle. Le pied à terre, j'observais la courte distance parcourue seule et en appréciais chaque jour l'étendue. La même épreuve devenue quotidienne me rendit complètement autonome. Je retrouvais ma mère allongée griffonnant des poèmes, quelques vers à l'ombre et d'autres à la merci du soleil. Mes allées et venues entre intérieur et extérieur mouchetaient ma vue de cercles colorés entrecoupés de flux de lumière. Des intervalles mystérieux que je tentais de déchiffrer en vain. Fixer l'astre comme s'il nous observait du coin de l'œil. Les poèmes de ma mère qu'elle lisait à haute voix à la tombée de la nuit regorgeaient de ce soleil de plomb et de sa sueur, celle-là même qu'elle essuyait de sa main avant de consigner les mots sur la page.

Je devins fétichiste, je traquais les traces de mon père laissées un an plus tôt. Des cendres, une pipe encore garnie d'un tabac sans odeur, ses savates éventrées, celles qu'il portait à la plage, une semelle molle en cuir auréolée de sel de mer. Ma mère avait donné ses chemises en lin déformées aux coudes, ses pantalons froissés. J'ai récupéré ses affaires de toilette. Une lotion pour cheveux à l'eau de Cologne me rappelait l'agilité de ses doigts. Comme lui, revisser et dévisser le bouchon d'un coup sec, le poser sur le rebord du lavabo. J'allais embrasser ma mère couchée sur la terrasse en plein soleil, sa tête coincée sous un chapeau de paille, la nuque transpirante, elle sortait de sa torpeur. Son café turc avait séché au soleil dessinant une lune sur la soucoupe. Elle me sermonnait, aveuglée par la lumière, la plage m'était formellement interdite, trop dangereuse pour une petite fille, elle m'encourageait à aller à la piscine, où d'autres enfants paraît-il m'attendaient pour jouer.

Ma mère n'aimait pas la mer. Elle avait en horreur cette odeur saline qui lui rappelait la misère du port de Beyrouth, ses pêcheurs devenus noirs au contact du soleil et leurs filets vieux de plusieurs siècles. La mer était au Liban une déchetterie à portée de main.

Je la laissais à sa terrasse, à ses feuilles griffonnées, à ses vertiges et étourdissements qu'elle calmait par des douches fraîches à intervalles réguliers. Ses lignes escaladaient les angles de la page, grimpaient et dégringolaient avant de s'échouer, bousculées par le mistral. Moi, j'observais la mer, descendais les marches interdites en comptant les vagues et leurs enroulements. Je laissais mes sandales sur un rocher et quittais la terre progressivement par l'échelle. Je me livrais à l'eau grouillant d'une faune invisible. Je nageais sur quelques mètres, des frayeurs successives ballottaient mes jambes. Les fonds sombres laissaient entrevoir des silhouettes menaçantes auxquelles je tentais d'échapper. L'heure tardive sonnait la fin de l'épreuve mais je la prolongeais par pur défi. L'angoisse faite corps, j'en adoptais les rythmes et les cadences, le souffle court comme si mon sentiment d'abandon avait trouvé son meilleur écho. J'éprouvais une libération dans l'angoisse, un salut dans la détresse, comme si j'avais enfin les mots, les bons mots pour le dire : « Papa » recouvert par les ondes. La terre ferme me suggérait le retour, la terre immobile comme une mère impuissante à consoler.

Ma mère aimait se promener sur les chemins, cueillant au hasard de ses pas des fleurs séchées. Avant la tombée de la nuit, elle fauchait thym, romarin, et se contorsionnait pour attraper les figues du voisin ou les mûres d'une clôture. Nos chemins divergeaient toujours, elle cherchait les hauteurs et moi la proximité de la mer. Je la persuadais de descendre les escaliers, la mer en fin de journée était plus calme, plus sereine. L'écume se vautrait et retombait dans l'eau volumineuse et épaisse. Ma mère s'éloignait du bord, elle aimait voir mes acrobaties sur l'échelle, je me balançais agrippant l'acier, prenant des poses qui me permettaient d'entrevoir la surface de l'eau telle que je ne l'avais jamais vue, à l'envers et à l'oblique. Elle restait là prostrée si étrangère au paysage. Sur la roche, j'alignais bigorneaux, ventouses et oreilles de Vénus par ordre croissant, une écriture si étrangère à la sienne, mais toutes deux empreintes de la même tristesse. Je les arrosais d'eau pour prolonger leur passage sur terre, quelques algues pour les protéger du soleil. Mon index palpait l'anatomie du mollusque, et son bourrelet mou. Ma mère regardait l'horizon, happée par le tumulte des flots qui faisaient monter son inquiétude. Quelque chose se passait au-delà des apparences. Nous vivions le monde avec une autre profondeur. Ce jour-là, j'ai eu pleinement conscience de mon être.

Nous vivions muettes, les mots n'avaient pas leur place ici. Le soleil de plomb éclairait le cœur de ma mère qui lézardait sur la terrasse. En fin de journée, le mistral soulevait ses pages. Moi, je regardais le soleil disparaître derrière le monastère fortifié de l'île Saint-Honorat, il s'éclipsait derrière la pierre érodée par les vents contraires. Les îles Sainte-Marguerite et Saint-Honorat à l'horizon étaient les deux segments de phrases posés sur la même ligne. La mer écumait les bords des mots, raturait les lettres inutiles. Un jour, elle m'expliqua que le bras d'eau situé entre les deux îles marquait un temps de pause pour l'amorce du deuxième vers, un temps pour respirer.

La folle végétation de l'île hantait mes nuits, j'avais nourri le rêve fou de nager jusqu'à ses rives, quelques brasses, me disais-je à moi-même, viendraient à bout de la distance qui nous séparait. Ma mère avait pris l'habitude de me raconter que mon père accompagnait chaque soir la descente du soleil à l'horizon, masqué par la silhouette cubique de l'ancienne fortification. Elle ne parvenait pas à me la dire, cette vérité, il fallait qu'elle en parle par métaphore. La disparition de mon père avait inspiré ses plus beaux poèmes, mais la vie tout entière était devenue à ses yeux une strophe de poème où le mot « mort » est sans cesse paraphrasé. Exercices et figures traduisaient son refus, moi, je savais tout, et ne me voilais pas la face, papa était en bas ou en haut, mais n'était plus.

Un incendie avait dévasté les collines de l'Esterel. Cette nuit-là, le mistral avait répandu le feu et chassé les occupants de leur maison. Notre village, sis au bord de l'eau, était un des seuls endroits préservés des environs. Dans mon sommeil, j'avais jeté mes draps à terre, c'est la soif qui me réveilla. Ma mère n'avait pas pu s'endormir. Elle avait peur de sa propre peur, elle disait qu'un drame en appelait toujours un autre. Dans ses larmes, elle disait des choses qu'elle n'avait cessé de taire ces huit derniers mois. Des mots terre à terre sans poésie et sans imaginaire. Debout sur la terrasse, elle s'était mis en tête que seul un bateau du port nous protégerait du feu qui envahissait la montagne. Je la suivis lentement, un paréo et des espadrilles dégottés en hâte avaient fait l'affaire. Alertés par les ravages du feu, les voisins campaient dans la rue guettant une lueur au-delà des collines. La nuit était noire, une odeur de brûlé avait envahi notre secteur. Nous avons dormi à la belle étoile sur un bateau de taille modeste, le matelas couvert d'une de nos serviettes. Ma mère s'était blottie contre moi. Elle redoutait cette menace invisible.

Nous nous sommes réveillées la tête lourde, nos serviettes étaient trempées. Il faisait froid. Nous sommes rentrées main dans la main sans parler. La maison avait gardé les traces de notre fuite nocturne, ma mère remettait chaque objet en place. La terrasse semblait encore baignée de nuit, la table était tapissée de cendres, les chaises aussi. Le feu avait été vaincu, paraît-il, au petit matin, recouvrant les alentours d'une fine pellicule de poussière. Ma mère vit ces huit derniers mois sans mon père matérialisés dans ce sombre décor. J'ai dessiné un graffiti sur la table, un cœur sans doute, à l'aide de mon index. Elle regarda le ciel

comme pour lui parler. Des murmures
plein la bouche qu'elle étouffa de sa main.
Elle essuya sa joue, elle dessina deux autres
cœurs sur la table à proximité du mien. Je
compris ce qu'elle voulait me dire. Sans un
mot, je traçai une ligne séparatrice qui lui
signifiait que l'un d'eux était passé de
l'autre côté.

L'eau claire emporta tout sur son passage. Ma mère nettoya la maison
entière, frotta l'ardoise de la terrasse et
expulsa l'eau souillée comme on chasse le
deuil. Nous étions affairées à briquer des
endroits jamais explorés par le passé. Mais
l'eau ne parvenait pas à déloger la poussière
noire qui se déposait à chaque bourrasque
de mistral. Nous avons continué à rincer,
tenaces l'une et l'autre, à l'affût de la
moindre particule. Le soleil a séché le sol
en quelques secondes. Ce jour-là, ma mère
s'était libérée d'un poids. Le feu avait
dévasté des collines de pins parasols en une
nuit, et il avait balayé sa mémoire, ses souvenirs et sa peine. Elle affirmait que les
cendres étaient le meilleur engrais pour le

sol et qu'une jeune pinède renaîtrait d'ici quelques années. À cet instant, je me suis dit que sa pulsion de vie était plus forte que tout. Le jour n'était pas vraiment jour, des heures entières sans vent et sans soleil. Les nuages épais avaient recouvert la terre, paralysant tout, comme s'il s'agissait d'un simulacre de jour. Toute vie semblait freinée, ralentie. Cet incendie figurait les funérailles de mon père auxquelles je n'avais pas assisté. L'odeur de cendre et de terre mouillées s'apparentait aux vapeurs d'encens. Son cercueil avait les contours nets des rivages de l'île Saint-Honorat, installé dans la nef centrale comme au large des côtes.

Ma voix venait parfois rompre le silence, ma mère était perdue dans ses pensées, préoccupée par l'amorce d'une phrase ou la fin d'un paragraphe. Elle répétait ma question pour donner du sens à mes mots. À tout moment de la journée, elle consignait sur une feuille les bonnes idées qui lui traversaient l'esprit. Ce pouvait être la nuit, après un songe loufoque, ou juste après la sieste. Le sommeil lui inspirait des images fertiles que la conscience ne censure pas. Moi, je faisais souvent le même rêve, j'avais beau me concentrer pour ne pas le faire, il revenait. La silhouette de mon père de moins en moins facile à reconstituer avec le temps, recroquevillée dans une malle en bois que je cachais, le cœur haletant comme si je lui sauvais la vie. J'arrangeais son visage, sa peau noircie, gommais l'usure avec une facilité déconcertante. C'était donc facile de réparer un mort, pas besoin d'instruments sophistiqués. C'est au réveil que la déception était grande, pas de malle, ni de maquillage, ni lui, ni personne à protéger d'un ennemi. Juste ma mère et moi, dans ces deux pièces, nous traînant le jour, enlacées la nuit. Sous les draps, mon bras l'encerclait, je ne baissais jamais ma garde. Un bras en ceinture autour d'elle. Elle s'en dégageait doucement au petit matin pour ne pas me réveiller. Mes yeux s'ouvraient à sa première gorgée de café turc, à cet instant je voulais fuir les vibrations de ces lèvres au contact du liquide chaud, fuir la feuille posée sur ses cuisses. Je m'habillais, toujours le même paréo, les mêmes sandales rongées par le sel de mer et le même maillot. Je dégringolais le sentier taillé dans la roche rouge et regardais cette petite crique du plus haut point. Au fond, si j'aimais autant la mer, c'est qu'elle recouvrait tout, pareille au silence qui avait englouti notre famille. Le bouillonnement de l'eau qui frappait l'échelle était comme des gifles sur mes joues, des gifles pour me rappeler la vérité. C'est la mer qui a été la plus honnête avec moi, pas de mensonges ni de facéties pour me consoler de l'absence. J'en voulais à ma mère qui voyait la vie comme un prolongement naturel de sa prose, les mêmes métaphores, les mêmes figures de style transposées dans notre quotidien. Cette transformation incessante de la réalité la distinguait toujours comme seule narratrice possible, la seule à donner du souffle aux personnages, à décrire le décor. Un mauvais livre, une fiction ratée, voilà tout. Elle s'évertuait à trouver les bons mots, mais, bien trop souvent, ces belles images et ces belles tournures puisaient leur poésie dans l'absence totale de vraisemblable.

Le retour à Paris approchait, mais quitter la mer me déchirait. Mon père n'était pas loin de nous en ces lieux. Pas de doute, il était encore à mi-chemin entre le monde des vivants et celui des morts, territoire que j'avais situé sur l'île Saint-Honorat. Je m'étais persuadée que ce transit entre mer et terre allait prendre fin avec l'été. Paris m'éloignerait de lui, de son sillon sur les vagues. J'expliquais à ma mère qu'il ne fallait pas partir, mais mes mots glissaient sur elle. Comment lui faire admettre qu'écrire lui avait fait perdre toute raison, les mots la menaient au-delà de l'évidence. Et toujours son entêtement à ne pas approcher la mer comme pour se voiler la face. Son obstination à raturer, recommencer la même phrase, la même page, l'avait coupée de nous. À mes yeux, son écriture quasi automatique, enterrait mon père chaque jour un peu plus profondément. Migrante passive, elle avait fui la vie à sa façon, m'avait fuie. Une présence trompeuse car son esprit vagabondait. Elle était là, et ailleurs, concrète et manquante. Mon père était omniprésent mais invisible, sans existence mais bien là pourtant. J'avais perdu mes deux parents au fond mais je les retrouvais à heures fixes, m'accommodant de leur nouvelle vie. La mer me rendait mon père à l'instant où le soleil à l'aplomb de la terre brûle les rochers et la nuit, elle, me rendait ma mère.

La dernière semaine d'août nous rappela à l'ordre, les valises attendaient d'être remplies pour le grand retour. Ma mère avait fini son manuscrit, un roman écrit dans un seul souffle depuis des mois. L'enveloppe kraft avait englouti les pages, retenant désormais l'imaginaire dans un espace clos. L'achèvement de ce roman entraîna une métamorphose à laquelle je n'étais pas préparée. Cette parenthèse de temps, celle qui paralyse l'invention entre deux œuvres, me rendit une mère transformée. En proie au réel, elle ne semblait plus confisquée par autre chose. Tout à moi offerte et disponible, attentive à des détails de notre quotidien qui n'avaient jamais attiré son attention. Et plus lucide sur notre vie commune. Elle utilisait à présent des mots vrais, jusqu'à évoquer clairement la disparition de mon père. Elle avait finalement accepté la réalité sans fard, sans déguisement. J'ai écouté, observé cette mutation silencieusement, décontenancée et déçue. Une attitude insupportable, me semblait-il, sans transition et sans égard pour moi. Je détournais la conversation sur autre chose comme pour fuir. Elle avait détruit un pacte, trahi notre alliance. Elle avait démenti en quelques jours des mois de complicité, ce roman à l'unisson que nous avions écrit ensemble. Ce passage abrupt à la réalité avait rompu le concert accordé de silences complices. Le mot « fin » à quelques interlignes du dernier paragraphe l'avait délivrée d'un deuil, pour moi il commença à ce même instant, trois frappes dissonantes suivies du roulement de la page qui finissait de s'extraire de la machine. C'est cette machine à écrire secouée dans son écrin depuis Paris qui officialisa la mort de mon père. À notre huis clos fut porté un coup fatal.

Plus d'étreintes, je dormais au bord du lit, observant le vide qui me happait. Elle s'étonnait de me voir distante, multipliait les sorties avec moi et redoublait de gentillesse. Mais je lui en voulais. Moi, c'est malheureuse que je l'aimais, ma maman. Cette nouvelle pulsion de vie m'était insupportable. Celle qui avait pris l'habitude d'inonder le tangible de ses prouesses de romancière, prononçait des mots d'adulte, des mots préparés et récités de manière solennelle. À cet instant de ma vie, je suis devenue quasi muette, mes yeux fuyaient les siens. J'acquiesçais pour en finir, balayais l'air de ma main et quittais la pièce. C'est avec le temps que j'ai compris que notre période de deuil avait été inversée pour l'une et l'autre. Ses allégories m'avaient peu à peu conduite à oublier qu'il avait existé, et au moment où je n'éprouvais plus de peine elle me rappela au souvenir de mon père. Refus et acceptation furent troqués à la fin de l'été. Elle avait enfin admis son absence sans culpabilité ni colère. C'était à mon tour de goûter au vrai deuil, je me verrouillais à double tour à l'intérieur de moi-même, c'est dans les forces contraires que j'ai canalisé ce mal. Le silence et l'inertie signaient le tonnerre en moi, écorchaient ma chair intérieurement quand je demeurais lisse à l'extérieur. Je fuyais les confidences maternelles, sa nostalgie et ses souvenirs sans chronologie qui transformaient l'absent en être de chair. Elle lui prêtait vie le temps d'un souvenir fugace et le ramenait à l'obscurité. Moi, je regardais au loin l'île Saint-Honorat, des échappées d'eau enlaçant cette terre en proie aux vents. Je discernais le clapotis des vagues, la voix de ma mère me semblait loin des côtes, loin au large de moi.

Quitter les roches rouges de l'Esterel était devenu un deuil en soi. Une main sur l'œil droit, j'éclipsais l'île au large. Elle disparaissait d'un coup de la surface de l'eau. De vaines prières. Je suppliais mon père de me faire signe de l'au-delà, de faire s'évanouir l'île le temps de compter jusqu'à cinq. Mais rien ne se passait. Les bagages dans l'entrée me rappelaient le retour, la cour bruyante de l'école, les mamans agglutinées au portail.

Je ne voulais pas quitter les roches rouges, enracinée comme les pins parasols de cette colline surplombant la mer. Quitter c'était abandonner, et l'abandon était devenu le pire péché commis par l'homme. C'était pis que tuer et voler, pis que toutes les guerres dans le monde. Ma mère avait rangé sa machine à écrire, qui attendait sur le carrelage de l'entrée comme nos deux valises. Les chaises de notre terrasse agenouillées sur la table, on les retrouverait un an plus tard dans la même position, souillées par les pluies et les intempéries. Je me rappelle les mains de ma mère fermant les volets de la terrasse, le grincement des charnières avait fini de me serrer le cœur. L'obscurité envahit cet espace inerte, les bibelots rangés à leur place se recouvriraient d'une poussière d'absence. Ma mère avait verrouillé les serrures de la porte. Les yeux à terre, je fixais le paillasson. Ma mère avait posé sa main sur mon épaule pour me réconforter. Je voulais dire au revoir à la mer, me recueillir sur l'échelle qui m'avait tant soutenue. Juste une minute à contempler cette cavité rocheuse et la profondeur de l'eau que j'avais fini par apprivoiser. Loin derrière, ma mère m'a suivie, de son pas lent. Je galopais, connaissant tous les méandres du sentier rocheux. Ma mère s'agrippait aux montants de pierre pour grimper. Elle m'a finalement rejointe et s'est assise inconfortablement. Aucune parole, seulement le clapotis de l'eau à intervalles irréguliers, enlaçant les piliers de l'échelle. Ma mère a cherché ma main sans la trouver, ses doigts voulaient caresser ma paume. Je regardais l'horizon, l'île Saint-Honorat m'appelait au loin, sans que je puisse lutter. Quitter la terre ferme, lâcher la barre de métal et me laisser porter par l'eau amie et tourbillonner jusqu'à l'essoufflement. Voir au loin et jamais derrière car la distance parcourue est toujours dérisoire par rapport à ce qui reste à accomplir. Des gestes symétriques et rythmés, décuplés par l'inconscience. Ma mère jusqu'alors prostrée agitait ses bras, moi j'avançais avec assurance en synchronisant mes gestes, portée par les flots qui accéléraient ma course. J'ai chevauché longtemps les vagues, scrutant au loin la forêt d'eucalyptus de l'île jusqu'à voir distinctement les troncs qui n'étaient auparavant qu'un aplat de couleur sombre. J'ai semé ma mère et la terre. Pas le temps d'avoir peur, ni de faire demi-tour, le rivage de l'île se faisait de plus en plus net, mes brassées se faisaient plus larges, qui ridaient à peine la surface de l'eau. J'ai repris ma respiration en ralentissant mon allure, une main me retenait par le bras stabilisant mon corps à la dérive. J'étais donc restée au même endroit, je titubais, un rocher m'aida à retrouver mes esprits. L'île au loin me signifiait mon impuissance. Je me souviens d'un vertige, celui de m'être tant fatiguée pour rien, des kilomètres d'eau qui m'avaient laissée sèche de toute goutte, neutre de tout sel. Et la main de ma mère qui m'implorait de tourner le dos à la mer une bonne fois pour toutes.

Mon esprit arpentait cet espace clos, j'aimais vagabonder, observant le motif de l'intérieur. Mon imaginaire a mille fois ouvert la porte de cet appartement estival, profitant de l'ennui de mes après-midi parisiens pour explorer l'abandon. J'allais au passage visiter ma petite plage et sa vieille échelle rouillée, l'eau engloutissait tout jusqu'aux rochers aiguisés, laissant çà et là des bassins d'eau salée dans la roche. Pendant mon absence, le sol s'était recouvert de ventouses de mer, d'une pelouse d'algues peignées par l'écume. Le trottoir parisien était bien moins bavard. J'arpentais le même trajet deux fois par jour comme si rien n'allait plus m'arriver. Ma mère avait rendu son manuscrit, prête à affronter une nouvelle fiction qui la prendrait tout entière. Fragile laps de temps qui lui imposait la réalité en face, ces intermèdes qui lui faisaient dire la vérité. Ses yeux n'étaient plus les mêmes quand elle était capturée par une fiction naissante. L'inspiration lui dictait de folles images qui contaminaient aussi soudainement notre vie commune. L'écriture attirait mon père dans nos murs, je sentais sa présence quand elle écrivait, son absence quand elle achevait une histoire. La fiction rassemblait notre famille jusqu'à cette interruption qui ne durait guère plus que quelques semaines. Absence passagère jusqu'au premier mot sur la page vierge qui le faisait revenir des mois entiers. Je m'étais accommodée de ses cycles de vie, les retrouvailles dépendaient du bon vouloir de ma mère, de son imaginaire inépuisable. Et puis j'ai compris un jour que je n'avais plus à attendre, je disposais de mes propres ressources pour le faire revenir. L'imagination est contagieuse entre mère et fille, elle est notre oxygène, notre nourriture quotidienne, nos vêtements d'hiver et d'été. Elle est un geste, une forme. Elle est lui.

Photocomposition Nord Compo
Villeneuve-d'Ascq

Cet ouvrage a été imprimé par
la Nouvelle Imprimerie Laballery
(Clamecy, France)

Dépôt légal : décembre 2009
36-33-0328-9/02
N° d'impression : 910054

Imprimé en France